نانی اماں

Grandma Nana

written and illustrated
by **Véronique Tadjo**

Urdu translation
by Gulshan Iqbal

MILET

نانی اماں سب بچوں
سے بہت پیار کرتی ہیں ۔
انہیں بچوں کے ساتھ ہنسنا اچھا لگتا ہے ۔
انہیں بچوں کی دیکھ بھال کرنا اچھا لگتا ہے ۔

Grandma Nana
loves children,
all children.
She likes to laugh with them.
She likes to take care of them.

نانی اماں کے گھر کا دروازہ
سب بچوں کیلئے کھلا ہے ۔
وہ گھر کے اندر اور باہر کھیلتے ہیں ۔
جونہی ککڑوں کوں کی آواز سنائی دیتی ہے ،
تو وہ دروازے پر آ جاتے ہیں ۔

Grandma Nana's house
is open to all children.
They play outside, they play inside.
As soon as the cock crows,
they are at her door.

نانی اماں کے پاس
ایک گڑیا ہے۔
لیکن وہ عام گڑیوں
جیسی نہیں ہے۔

Grandma Nana
has a doll.
But it is not like
any other doll.

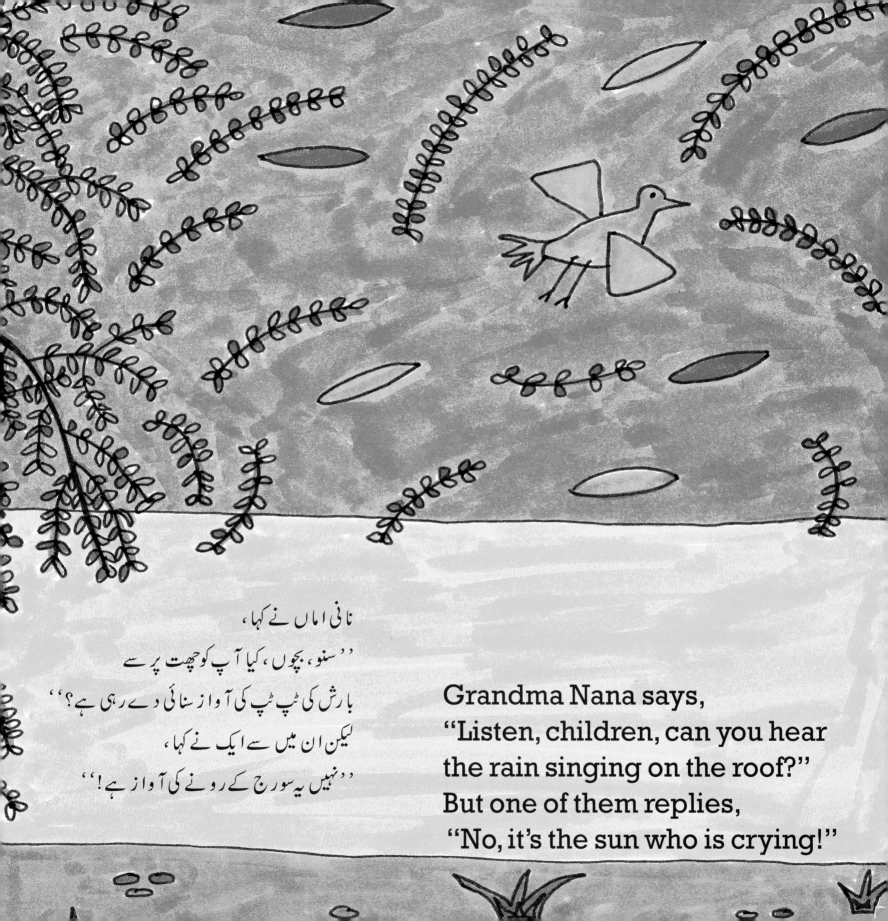

نانی اماں نے کہا،

''سنو، بچوں، کیا آپ کو چھت پر سے
بارش کی ٹپ ٹپ کی آواز سنائی دے رہی ہے؟''
لیکن ان میں سے ایک نے کہا،
''نہیں یہ سورج کے رونے کی آواز ہے!''

Grandma Nana says,
"Listen, children, can you hear
the rain singing on the roof?"
But one of them replies,
"No, it's the sun who is crying!"

نانی اماں گڑیا کو کبھی اکیلے نہیں چھوڑتی ہیں ۔

گڑیا کا کھانا پینا ان کے ساتھ ہوتا ہے ۔

گڑیا ان کے سفید بستر میں سوتی ہے ۔

Grandma Nana never parts from her doll.
The doll eats and drinks with her.
The doll sleeps in her white bed.

نانی اماں نے کہا،
''کتنا اچھا لگتا ہے کہ دو
پیاری سی لڑکیاں ہنس رہی ہیں ۔
کتنا اچھا لگتا ہے کہ ان دو
چھوٹی لڑکیوں کی آپس میں کتنی اچھی دوستی ہے ۔''

Grandma Nana says,
"It is so nice to see
two lovely little girls smiling.
It is so nice to see
two little girls who are such
good friends."

نانی امی کو اپنی گڑیا
بہت پیاری اور جان سے عزیز ہے ۔
یہ ان کی خوش قسمت گڑیا ہے اور
وہ اسے جان سے بھی عزیز رکھتی ہیں ۔

Grandma Nana's doll
is very precious to her.
It is her lucky charm doll
and she keeps it close
to her heart.

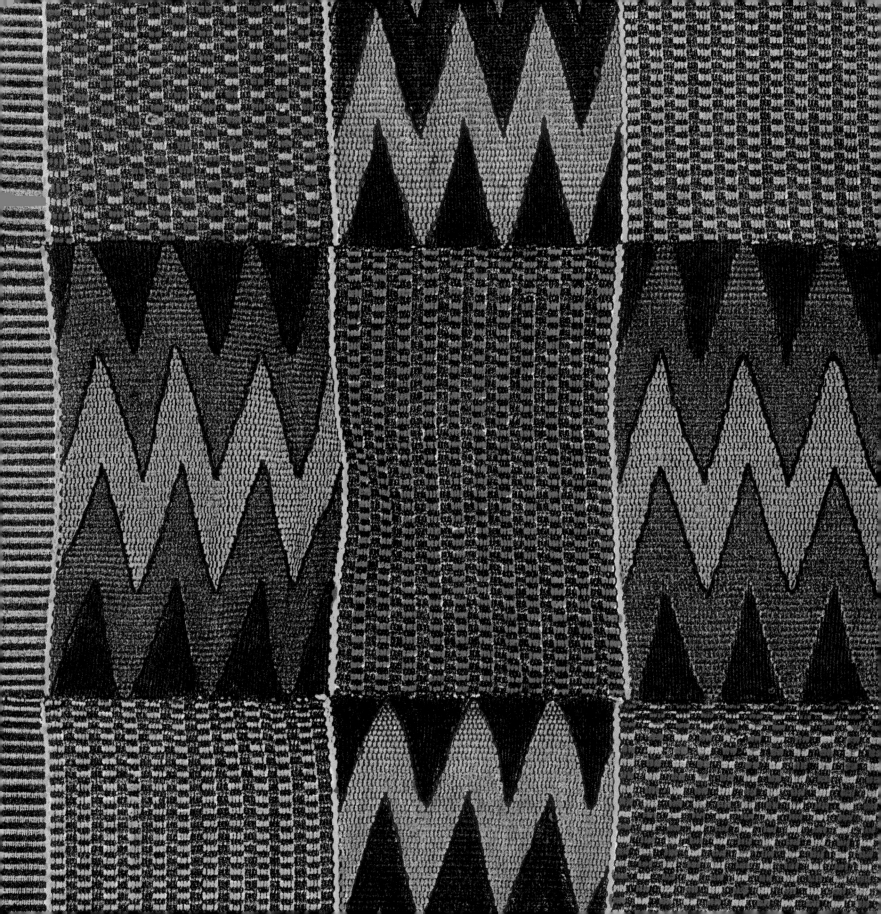

نانی اماں نے کہا،
''بچوں، سڑک پر
کبھی نہیں کھیلنا۔
کار اور سڑک ایک جنگلی
جانور کی طرح ہوتے ہیں۔
وہ آپ کو کھا سکتے ہیں!''

Grandma Nana says,
"Children, never play
on the road.
Cars and trucks
are like wild animals.
They can eat you up!"

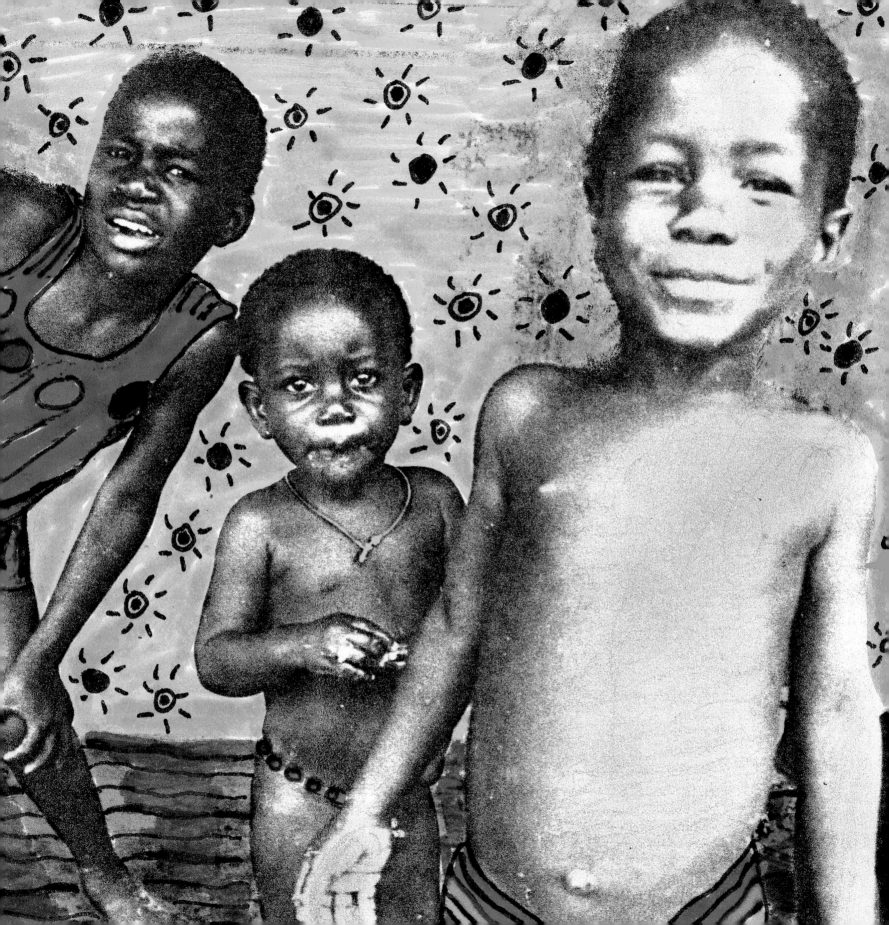

نانی اماں بہت
پیاری کہانیاں سناتی ہیں
اور پہیلیاں پوچھتی ہیں ،
''ہوا میں پرندے کی طرح کون اڑتا ہے
اور چیتے کی طرح کون دھاڑتا ہے؟''

Grandma Nana
tells beautiful stories
and poses many riddles.
"Who flies like a bird in the air
and roars like a panther?"

نانی اماں کو

بہت ضروری باتوں کا پتہ ہے ۔

وہ ہماری خاندانی تاریخ بتا سکتی ہیں

اور یہ بھی جانتی ہیں کہ جب بیمار ہوں تو

کن جڑی بوٹیوں سے علاج کیا جاتا ہے ۔

Grandma Nana
knows many important things.
She can tell our family's history
and she knows which plants
can cure us when we are sick.

لیکن نانی اماں

بہت بوڑھی ہیں ۔

تو بس ، جب رات

کا وقت ہوتا ہے تو ،

وہ گڑیا کو اپنی جھولی میں بٹھا لیتی ہیں

اور اپنی کرسی پر بیٹھ جاتی ہیں ۔

کافی عرصے تک

آہستہ آہستہ غروب ہوتے

سورج کو دیکھتی رہتی ہیں ۔

But Grandma Nana
is very old.
So, at times,
when night is coming,
she puts her doll
on her lap
and sits in her chair.
For a long time,
she watches the sun
going down softly, softly.

Other Véronique Tadjo titles by Milet:

Mamy Wata and the monster
The lucky grain of corn

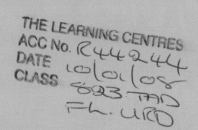
Milet Publishing Ltd
PO Box 9916
London W14 0GS
England
Email: orders@milet.com
Website: www.milet.com

Grandma Nana / English – Urdu

First published in Great Britain by Milet Publishing Ltd in 2000
© Véronique Tadjo 2000
© Milet Publishing Ltd for English – Urdu 2000

ISBN 1 84059 294 X

We would like to thank Nouvelles Editions Ivoiriennes for the kind permission
to publish this dual language edition.

Designed by Catherine Tidnam and Mariette Jackson
Printed and bound in Belgium by Proost